할미 표석화
손녀 이야기

국립중앙도서관 출판시도서목록(CIP)

손녀 이야기 : 표석화 시집 / 지은이: 표석화. -- 서울 : 한누리미디어, 2014
p. ; cm

ISBN 978-89-7969-487-1 03810 : ₩6000

한국 현대시[韓國現代詩]

811.7-KDC5
895.715-DDC21
CIP2014028305

표석화 할미

손녀 이야기

여덟 살 김단아
다섯 살 김나나
세 살 장새봄

한누리미디어

시작하며

시인 할머니의 이야기

단아가 제일 먼저 내 품으로 왔다
어부바하며 친구모임에도 가고
열이 펄펄 나도 둘이는 꼭 끌어 안고 같이 아팠다

나나가 미국에서 죽전 집으로 처음 오는 날
눈이 실같이 가느다란 아기가 내게로 왔다
언니보다 잘 먹고 잘 울고 시샘도 많이 한다

새봄이가 멀듯 가까운 곳에서 세상에 나왔다
눈이 큰 아기, 할미 하비에게 수시로 전화하는 효녀 봄이

단아, 나나, 새봄이를 위해
그동안 같이 웃고 울며 지낸 이야기를 묶어 봤다

손녀들을 위해
아기와 같이 지내는 할머니들을 위해 이 글을…….

2014년 6월 22일
단아 여덟 번째 생일을 기념하여 묶었다.

차례 Contents

1부 알 수 있지

2부 여덟 살 단아(율리아나)

차례 Contents

4부 세살 새봄

5부 할미의 어린 시절(스텔라)

차례 Contents

6부 박사 공부하는 딸(세실리아)

우리 할미

용인 신촌초 1학년 5반 15번 **단아**(율리아나)

포근 포근
어부바 등이 따뜻해요

거칠은 손
아픈 배 만지면
싸악 나아요

몽실몽실 배 위에
손을 올리면
잠이 스르르르

우리 할미
김단아
품이 포근포근
어부바 등이 따뜻해요
손은 거칠거칠
아픈 배 만지면
싸악 나아
배는 몽실몽실
손을 올리면
잠이 스르르르
초등 1학년

시화전에 참여

'엄마를
기다려요'

1부

알 수 있지

나의 손녀들/ 세 손녀 바보 할미
알 수 있지/ 봉숭아 물 들이기 · 2/ 할미의 가방
이 빠지고 이 나고/ 집으로 돌아오는 길/ 민들레꽃씨
백설기와 수수팥단지/ 반달곰의 모성애/ 손녀들과의 놀이
아가방의 가족들/ 아가방/ 콩나물/ 도서관 산책/ 할아버지의 강남스타일 춤
키우고 싶은 것들/ 레티샤는 열두 살/ 아기 고양이 기르고 싶어
뽀로로 나라야/ 소라게를 키워 보란다/ 한울문고
자매 사랑/ 배드민턴/ 귀여운 작은 수박

나의 손녀들

단아, 나나, 새봄이
여섯 살, 세 살, 한 살

하늘이 주신 선물
외손녀, 친손녀 따져야 하나
성이 달라도
아범이 달라도
어멈이 달라도
내겐 다 같은 손녀

기저귀 차고
기어다니고
아장아장 걷고
마구 뛰어다니며
무럭무럭 자라는
하늘이 주신 선물
내겐 다 같은 손녀

세 손녀 바보 할미

두 살 봄이의 이가 나기 시작했다
여섯 살 단아 큰언니 이가 빠지기 시작하네
네 살 작은 언니 시샘하고

여섯 살 큰언니는 죄다 새 거야
새 것만 좋아해
네 살 작은 언니 언니 팬티 입고
언니에게 작은 것은 다 나나 것

두 살 봄이 장 씨네 제일 큰 아이지만
사촌언니 둘이나 있어
의자 자동차 장난감 모두 물려 준다네

세 손녀 바보 할미는
알아도 모른 척 모두가 소중하다네
손녀들이 입던 옷도 신발도

알 수 있지

눈동자를 바라보면
입술 모양을 보면
마음을 알 수 있지

기쁜지
슬픈지
속상한지
행복한지

얼굴 표정을 보며
몸짓을 보며
마음을 헤아려 보네

하늘을 날 듯 좋은지
가슴이 텅 빈 듯 쓸쓸한지
암, 알 수 있고 말고

'할아버지는
이야기
보따리'

봉숭아 물들이기 · 2

봉선화 꽃과 잎 빻아서
백반과 섞어 손톱에 올리고
잘 싸서 실로 묶어

"누가 오래 참나 내기하자
참는 공부야."
꼬마들과 약속을 했지요

쉬는 시간에 한 꼬마가 쪼르르
달려와 일러 주데요
"신영이는요, 여기서 나가자 마자
손톱에서 빼서 쓰레기통에 버렸어요."

"저는 아직도 그대로 있어요
밤중까지도 안 뺄 거예요."

다음날 아침
새빨개진 손톱을 자랑하며 보여주는 꼬마
"저는요, 아침까지 안 빼고 참았어요."

봉숭아 물들이기는 참 재미 있어요
꼬마들과 함께
손녀들과 함께

할미의 가방

할미의 가방은 만물상이다
뭐든지 들어 있다

할미의 가방은 요술가방이다
나와라 하면 다 나온다

할미의 가방은 사랑의 보물단지다
손녀들이 원하는 것은 다 들어 있다

일회용 반창고
소독연고
사탕
귤
초콜릿
물휴지
빨대
물병
거울
립 크로스
비타민

착한 일하면 주는 돈도 들어 있다
편의점 갈 때 필요한 카드까지

명품 가방보다 아주 아주
좋은 할미 가방

이 빠지고 이 나고

일곱 살 단아 이 빠지고
네 개 빠져 앞니 텅 비었네

하비 보여주고
가지고 다니다가
어디서 흘리고
이빨 요정이 가져갔대나

두 살 새봄 이 나고
사과 토마토 깨물어 먹네

삼키느라 눈물 나오고
뒤집고
기다
서고

네 살 나나 시샘하고
언제 이 빠지나 기다리고
이젠 마구 달리기도 잘 하네

두 살 새봄 하비 무릎 앉으면
네 살 나나 내 무릎에 앉고
일곱 살 단아 앉을 자리 없네

집으로 돌아오는 길

꽃메마을 사거리
호떡 장수 있고
어묵 장수도 있고
그냥 지나칠 수 있나요

와플 집도 있잖아
크림빵이 먹고 싶은데
햄버거 집도 있어

오늘은 호떡 한 개로…

"할미, 문구점에 가서 책 사면 안 돼?"
스티커 사고
그림책 사고
오늘은 이제 그만 집에 가자
십 분이면 오는 길
한 시간도 더 걸리네

"할미, 내일은 편의점 가자."
"그래 그러자."

할미와 손녀들의 동행은 계속되려나

쭉

민들레 꽃씨

동그란 풀씨
하이얀 풀씨

불어주기만 기다리고 있네
바람 불기만 기다리고 있네

후우 후우 불어준다
하나하나
흩어져 날아간다

산들산들 바람이
하늘하늘 불어준다
모두모두
흩어져 날아간다
멀리멀리 날아간다

동그란 풀씨
하이얀 풀씨

숨은 그림 찾기 놀이 한다

와! 여기도 있다
찾았다
하얀 풀씨 민들레 꽃씨

백설기와 수수팥단지

건강하고
곱고 튼튼하게 무럭 무럭 커야지

나의 사랑 단아 나나 새봄아
해피 버스데이 투유

할미는 둥근 상 위에 정한수 올려 놓고
이 나라에 큰 일꾼 되게 하시고—

백설기와 수수팥단지
백 조각 이웃 백 명에게 나눠주고

할미와 하비는 오늘도 마냥 기쁘단다

반달곰의 모성애

지리산 암컷 반달곰
밀렵꾼들이 놓은 올무에
몸통이 졸려 죽다가 구조된 반달곰

새끼 네 마리 낳아 축하 받는다
새끼에게 부족한 먹이를 양보하는 모성애
어미 곰은 영양실조로 하늘나라 갔다네

밀렵꾼들의 행동은 큰 죄다
약한 것들 생명은 존중 받아야 하며
반문명 밀렵꾼들은 사라져야 한다

어미의 모성애로 자란
네 마리 새끼들은 지리산으로 돌아갔다
하늘에서 어미 곰은 새끼들을 지켜보겠지

손녀들이 좋아하는 아가방 곰가족들
엄마가 얼마나 사랑하는지 아니

손녀들과의 놀이

술래잡기 놀이
무궁화 꽃이 피었습니다 하며 놀기
공 던지고 받기 놀이
인형 옷 입히고 벗기기 놀이
인형 목욕시키기 놀이
가위 바위 보 하나 빼기 놀이
쎄쎄쎄 아침 바람 찬바람 놀이
짝 맞추기 화투 놀이
포카 놀이
뽁뽁이 터트리기 놀이
화분에 물주기 놀이
강아지 밥주기 놀이
비누 방울 놀이
이 거리 저 거리 각 거리 놀이
가위로 종이 오리기 놀이
이마트 가서 장보기 놀이
목욕탕에 가서 물놀이
산책 놀이
장기 놀이
알까기 놀이

여우야 여우야 뭐하니 놀이

“오늘은 무슨 놀이 할까
무궁화 꽃이 피었습니다 하자
아니야 숨바꼭질 놀이 하자”

화장실에 꼭꼭 숨는다
이불 속에 한참을 숨는다
손녀들과의 놀이 언제 끝나려나
조금 크면 놀자고 해도 안 놀겠지

아가방의 가족들

낱낱이 추억이 담겨 있는 소중한 가족들
며칠이 지나면 사랑과 관심 속에서 떠나 혼자 외롭게
버려져 있는 가족들

곰 가족, 아빠 곰, 엄마 곰, 아기 곰

강아지 가족, 큰 개, 작은 개, 핑크 개,
누런 개, 하얀 개, 초코 개, 밀크 개,
엄마 브라우니, 아기 브라우니

토끼 가족, 하얀 토끼, 핑크 토끼

짐 보리 가족, 엄마 짐 보리, 아기 짐 보리

춤추는 병아리와 소
치로
피카추
미니마우스, 미키마우스

뽀로로와 가족, 패티, 크롱, 루피

아기 공룡 둘리와 친구
팬돌이

콕 박힌 까만 두 눈을 보고 있노라면
살아있는 동물가족 같아

가족끼리 모여 살라고
한 데 모아 놓았다.
오늘은 손녀들이 나를 찾아 오려나
까만 눈을 반짝이며 내 품에 안기려나

아가방

일곱 해 동안 하나하나
가족이 된 동물 인형
강아지가 몇 마리인데
올해는 브라우니 두 마리
산타에게 선물 받고

곰 가족이 몇 마리인데
아빠 곰, 엄마 곰, 아기 곰, 삼촌 곰
할머니 곰, 할아버지 곰

여수 엑스포에서 얻은
돌고래도 두 마리

뽀로로 가족 총집합
방구쟁이 뿡뿡이도 있고
토끼 가족도 있어

또 다른 인형 가족도 있네
목욕탕에서 목욕시키는 인형
독일에서 비행기 타고 온 인형

유모차에서 잠자는 인형

곰 가족 너무 많아
사촌동생 봄이에게 선물했더니
오늘은 모두가 곰을 찾네……

콩나물

손녀들이 좋아하는 콩나물
기다란 콩나물 좋아하고
시원한 콩나물국도 좋아한다

키가 무럭무럭
자라려면 콩나물 먹어야 해
서로서로 키 크려고
콩나물 먹는다

콩나물을 오선지에 올려 놓고
피아노 치면
도레미파 솔라시도 노래가 나오네

노래하며 좋아하는 콩나물
손녀들이 잘 먹는 콩나물
시장에 가면 맨 먼저 콩나물부터 찾는다

도서관 산책

도서관은 시민들이
시 쓰고 그림 전시하는
독서 공간이다

기업이 더 많은 도서관에 투자해
지식정보가 대중화 되고

소극장도 함께 있으면 좋겠다
아이들이 안전하게 출입할 수 있고
동네 사람들을 위한 카페도

사회질병의 특효약 역할을 하여야 한다
성찰의 공간으로 활용 되어야 하고
도서관 산책하며 생각한다

손녀가 도서관 가는 것을
제일 좋아할 때까지 산책을 할 거다

할아버지의 강남스타일 춤

여섯 살 단아네 반 강남스타일 춤추며
너무 잘해서 박수 많이 받았지

덕분에 할아버지 무대로 초대 받고
용감히 단아 뒤에서 춤을 추었네

음악이 나오고 할아버지 춤추며
땀 흘리며 웃으며 행복하였네

가족 모두 반했다네
상기된 얼굴로 땀 흘리며 춤추는 모습에

가족 모두 마음이 따뜻해졌다네
눈시울 붉어졌다네
아름다운 밤이었다네

키우고 싶은 것들

앵무새 말은 따라 하고
거북이도 타고 싶어요

금붕어 키우면 안 돼요? 할미
그래 그러자

너는 앵무새 거북이 금붕어 키우고
할미는 너를 키우고

열두 살 레티샤가 질투해
그래 키워 보자

레티샤는 열두 살

먼 영국에서 온 부모에게
태어난 막내 영국 숙녀 레티샤
코카스 바니엘
영국의 귀티 멋진 털옷
늘어진 귀 검은 눈동자

이젠 늙은 할멈
이 빠지고
눈도 잘 안 보이고
동물병원 단골손님
귀티는 여전하네
손녀의 친구
십이 년을 함께한 가족

아기 고양이 기르고 싶어

다섯 살 단아 민달팽이 기르다가
여섯 살 때 소라게 기르다가
일곱 살 때 아기 고양이 기른다네

자기 방에서 혼자 기른다네
어쩌지
지 어멈은 십년 전에 강아지를 가지고 와서

밥 먹이고 물 먹이고
응아 치우고 쉬 닦고
산책 시키고
동물병원에 예방주사도 맞히고
지금은 목욕도 시켜주고
털도 깎아주는구먼

아기 고양이도 기르고 싶어
절대로 안 돼

삼촌이 어린 시절 아기 거북이를 기른다고
책상 밑에 사다 놓고

장롱 밑에 들어갔다고 찾고

금붕어를 기른다고
어항을 사고
고기밥도 사고
강아지를 기른다고
현관에 데려다 놓고
어찌했는데

뽀로로 나라야

일곱 살 손주 놈이 창을 내다보고
"와 ! 뽀로로 나라 같아"

정말 그러네
가족 모두 창밖을 내다보고
탄성을 질렀네요

도담마을 푸르지오 정원 커다란 소나무에
하얀 눈이 가득 쌓여 있어요
정원 가득 하얀 눈이 쌓였어요
아침 일찍이라서
눈 위에 발자국도 없어요

하늘에서 선녀들이
뽀로로 나라를 만들었네요
뽀로로도
크롱도
루피도
패티도
에디도

로디도
포비도
다 뛰어나와서
눈싸움을 할 것 같아요
아이들이 잠자는 동안
함박눈을 뿌려서

두 아이 베베궁 놀이학교 가려고
집을 나서는데
오늘은 칠층 상가에 있는 놀이학교보다는

도담마을 푸르지오 정원에서
아니, 뽀로로 나라에서
눈싸움 놀이를 하면 좋겠네요

뽀로로 가족 모두 데리고 내려가서
같이 놀고 싶네요

소라게를 키워 보란다

삼 개월을 산단다
플라스틱 상자 안
빈 소라 껍질 속에 작은 게

마트 코너에서
아이들의 발길을 잡는다
알록달록 빈 소라 껍질과
게를 판다
먹이도 같이 판다

단아 일곱 살 생일기념으로 두 마리가
우리 집으로 왔다
플라스틱 게집도 같이

물도 먹이도 주고
여행을 가면 같이 동행한다
잠 잘 때도 옆에 두고 잔다

며칠 지나서
냄새가 나더니 한 마리는 다리가 다 떨어져 있네

관심이 없어져 서늘한 세탁기 위에 놓았더니
어느날 소라 속에 숨어 있던 게 한 마리
밖으로 나와 스트레칭을 하네

여행도 싫어하고 서늘한 곳을 좋아하나 보다
먹이도 물도 잘 먹네
단아 몰래 할미가 소라게를 키운다
할미와 소라게의 비밀이 생겼다

그것도 잠시
흔적도 없이 게는 사라졌다
어디로 갔나

'삼일은 삽니다' 라고
아이들에게 말할 수는 없는 거지

한울문고

하늘문고에 가자
하늘문고가 어디야
쭉 가면 있어
팔층 건물 지하에 있는 한울문고

여기가 하늘문고야
하늘문고에 가면 내가
좋아하는 것이 아주 많아
정말 정말 많아
눈이 휘둥그레
입이 절로 벌어지며
좋아하는 하늘문고

매일매일 가고 싶은 곳이야
참 좋은 하늘문고
지하에 있는 한울문고

자매 사랑

실내화와 덧신이 필요해요.
언니 유치원 선생님이 말했어요

네 살짜리 동생이 따라 나서네요
안 데리고 갈까 봐
운동화도 신고 먼저 나서네요

200은 작고 210 찾는 할머니
언니는 동생에게도 실내화 신겨 보고 있어요
이것은 크다
이것은 작고
발에 맞는 실내화 골라서 바구니에 넣고

덧신이 어디 있지?
저기 있구나
할머니는 언니에 맞는 덧신 찾는데
언니는 동생의 발에 맞는 덧신
찾고 있네요

집에서는 매일매일 싸우면서

오늘은 웬일이래
둘이는 사이 좋게 어깨동무하며
똑같은 무늬의 잠옷도 사 입고
신이 나서 뜁니다
둘이는 영원한 자매

배드민턴

한 번 치고 또 한 번 치고
허리 운동

다음날 두 번 치고 두 번 치고
옆구리 운동

다다음날 세 번 치고 세 번 치고
팔다리 운동

다다다음날 네 번 치고 네 번 치고
점점 게임이 되네
여덟 살 단아와 할미의 배드민턴 게임이 되네

다섯 살 나나의 깍두기 설움
눈썹 위에 혹이 생겨서
게임이 끝났지

귀여운 작은 수박

하비가
옥수수를 심은 날
그날부터 옥수수 사 먹으면 안 돼

수박이 열매 맺힌 날
이제부터 시원하고 둥글고
큰 수박 사 먹으면 안 돼

기다려야 해
옥수수야 얼른 얼른 자라라

수박아 점점 커져라
기도해야 해

하비가 따온 작고 귀여운 수박
맛은 수박 맛이네

'할머니가
아파요'

2부

여덟 살 단아

(율리아나)

눈에 보여요

꽃보다 예쁜 세 살 단아와 사박오일
싱가폴과 인도네시아를 동행하면서
눈에 보이더라구요

인도네시아 풀장 터미널에서
얼굴색 하얀 아이들과
검은 아이들 술래잡기하는 모습

싱가폴 공항에서 머리에 두건을 두른
아이들을 쫓아다니며 웃는 모습이
눈에 보이더라구요

이 아이는 정말 글로벌 시대에 사는구나
우리 아이들도 경기도를 넘어서
한국을 넘어서

엄마가 베트남이고 필리핀이고
우리의 아이들인 것을
다문화국가가 되어가는구나
눈에 보이더라구요

응급실

세 살 단아가 토하고 또 토해
분당서울대병원
들쳐 업고 응급실로 들어갔다

팔에 주사 바늘이 꽂히고
검사가 시작되고

자지러지는 아이의 울음소리
들어갈 때 입은 옷
일주일 후 집에 갈 때까지 못 벗네
만신창이 된 부모의 마음

침대에서 일어나 걸음마
다시 걸음마

편안한 마음
평화가 돌아왔네

어느 해 가을

청명한 가을
단아랑 할미가

성당에서 운동회를 하고
운동장에서 김밥 먹고
솜사탕도 먹고 집에 왔는데

농장에서 점심때 돌아온
할아버지가 사색이 돼서
외상이 없으니 병원에는 가지 말고
참아야지 하며 끙끙거린다

밤 10시가 되어서야
응급실로 차를 몰아
씨티를 촬영하니 장파열과 탈장이라나
아침에 농장에서 떨어진 것을
참고 참은 하비, 참
다음날 수술을 했는데
창자 밖으로 음식이 나오곤 했다네

하비가 입원을 했다니
단아는 하비가
왜 일본에 가셨냐고 되묻곤 하였네

학예회 날

네 살 단아 레지오 유치원 발표회 날
비디오 카메라, 카메라, 플래카드, 꽃다발 들고
온가족이 무대 앞에 앉아 있다

단아네 반 아이들 핑크 드레스
입고 무대에 올라 왔다

지환이랑 단아랑 둘이 옆에 서 있네
둘이는 무대에서 저희들 보고 있는
객석의 모두를 바라보네

음악이 나오고 친구들은 무용하는데
둘이는 가만히 서서 구경하고 있네
지환이는 코딱지도 파면서

음악이 끝나고 모두 무대에서 내려가는데
둘이는 그냥 서 있네
선생님의 손에 이끌려 천천히
무대를 내려가네
여기 저기서 카메라 플래시가 터지고
웃음보가 터지고

학예회 끝나고

네 살 단아 학예회 끝내고
집에 와서 저녁 내내 열 오르네

이마가 뜨근 뜨근
토하고
밤이 깊도록 몸살 앓고 있네

새벽이 밝자 곧장
병원으로 달려가
입원했다네

입원실에 유치원 원장님도 오셨다네
작은 곰돌이 사가지고

무대 위에 올라갔다 내려왔다
참 힘들었나 보다
입원까지 하고

캠핑 간 단아

달리기를 해서 삼등했네
두 주먹 꼭 쥐고 입 앙다물고
달리었다네

무대 올라 '싸이의 강남스타일'
씩씩하게 신이 나서 춤을 추고
인기상 받았다네

엄마도 신이 났네
무대에 선 딸이
운동장에서 뛰는 딸이
너무너무 자랑스럽네

일주일 내내 기운이 나네
생각만 해도 절로 웃음이 나고
가슴이 벅차다네

여섯 살 친구들

키가 큰 신진이는
한솔이와 결혼을 약속한 사이라네
양보해야지

단아는 착하고 신사인 찬민이에게
먼저 결혼하자고 말했다
찬민이는 빙그레 웃기만 한다

한결이는 무작정 단아만 좋아
발레반도 같이 신청하고

준우는 단아만 옆에 있으면 돼
단아 손만 잡으면 돼

그래도 단아는 일편단심
찬민이가 좋아
꼬마 신사이니까

여섯 살 단아 학예회 마치고

의젓하게 무용 잘하고
영어 연극도 잘하고

양치기 소년 늑대 옷 입고
열심히 뛰어다니고

올해는 무사히 넘어가겠지
설마 설마했는데
주말부터 열이 올라 40도 되었네

병원 가서
주사 두 대나 맞고
일주일 내내 앓았다네
할미와 함께

학예회 징크스 있나
유치원 학예회
참석시켜야 하나
우리 예쁜 단아

유치원 학예 발표회
누구를 위한 발표회인가

단아의 태권도 시범

파란 모자 쓴 일곱 살 단아
예사롭지 않은 발차기
힘찬 엄마 응원소리에
빨간 모자 넘어지고
대련에서 이겼구먼

엄마가 판 들고
이번에는 격파
멋진 발차기 한 번에 성공

부모님께 큰절
가부좌 명상
멋진 태권도 시범 보이고

뒤에서 네 살 동생
흉내 내느라 진땀 흘리네

우리나라 전통 태권도
꼬맹이들 운동으로 자리잡고
전 세계 지구촌 사람들 좋아하는

우리나라 태권도

으라차차 태권도 기합소리
온누리에 퍼져가네

일곱 살 단아

와, 민들레 꽃이 피었어
할미 이 작은 하얀 꽃은 이름이 뭐야
코딱지만해 예쁘다 그치

길가에 핀 작은 꽃에
관심을 갖는 일곱 살 단아

할미야 친구가 편지를 줬어
나한테만 줬어
단짝 친구가 일본으로 이민 간다네

또 다른 새 친구가 생기겠지요
이제 일곱 살인데 뭐
다섯 살 때 레지오 놀이학교에서도
여섯 살 때 베베궁 놀이학교에서도
친한 짝꿍이 부산으로 미국으로 떠났는데
오늘도 눈물이 찔끔 쓸쓸해 하네

할미 우리도 이사 갈까
어디로 갈까

길가에 핀 작은 꽃을 보며
착하고 착한 친구들만 좋아하는 단아
험한 세상 살 일이 걱정되네요
너무 착해서
선생님도 걱정이라 하시네요

단아는 여덟 살

이모할머니가 날씬하고 키가 크다고
모델해도 되겠네 했어
모델할까
쑥쓰러워 안 할래

동물 만지고 싶고 기르고 싶어
수의사 될래
공부를 잘해야 된다며
수학 영어 아, 머리 아파

멋진 마술사 될까
방과 후 마술반에 들었는데
별로 재미는 없네

하고 싶은 것 많은데
태권도 줄넘기 공놀이 축구
땀 흘리며 하는 운동이 최고네

운동선수가 되어 볼까나
여덟 살 고민은 계속

초등학교 들어가니

할 일이 참 많아
교실에서 교과서로 선생님과 반듯하게 공부해야 하고
컴퓨터도 켜 보고 마술도 흉내내 보고

달리기는 마구마구 뛰면 되는데
줄넘기 훌라후프는 잘하게 됐네

물속에서 자유로우려면 수영도 배우라 하고
보조바퀴를 빼고 두발 자전거는 언제 씽씽 달리지
배드민턴도 신나게 치고 싶고
인라인도 멋지게 타고 싶다네

눈썰매장에서 땀 흘리며 썰매 탔는데
스키도 스노보드도 배워야 한다누만

놀이터에서 그네 시원하게 타는 것은
식은 죽 먹기지

이제 1학년이니 천천히 하나하나 해 보자

김치도 먹을수 있어요!

3부
다섯 살 나나
(스텔라)

보고 싶다

나나
민채
연지

여자 셋이 세 살 유아반에서 지내는데
빡빡이 남자 보석이가 새로 들어왔다
보석이는 친절하고 멋진 녀석이다

어느날 보석이 미국으로 영어 연수를 떠났다나

나나는 유치원에 가기가 싫어졌다
재미가 없다
보석이가 없는 유치원

보석이가 보고 싶다
자꾸만 보고 싶다
보석아

세 살 나나와의 오후 시간

베베궁 놀이학교에 다녀온 세 살 나나
아침부터 오후까지
놀이를 실컷 하고 왔건만

집에 오면 씻고 쉬면 되는데
아가방 시간표를 짜야 하니

세수하고 발 닦고 비눗물 놀이
빨래 개서 제자리 넣기 놀이
인형 재우고 같이 낮잠자기 놀이

월요일은 이렇게 지냈는데
화요일 오후 시간표는 또 어떻게 짜나?

세 살 나나와 영화 구경

뽀로로 극장판
표 팝콘 환타 사고
자리잡고 앉았지

너무너무 흥미로워
스릴 넘치고
선과 악이 보이는 뽀로로 영화

마지막에는 나쁜 사자팀을 누르고
뽀로로팀이 이기는 이야기인데

손에 땀을 쥐고
저절로 박수 함성도 지르네
웃음도 나오고

반은 꼬마 손님
반은 어른 손님

손주들과 영화 볼 수 있는 지금
행복하다 해야지

조금 크면
할미랑 영화 볼려 하겠나

난 파랑색이 좋아

하늘이 파랑색이잖아
내 바지 운동화도 파랑이야

여자라고 핑크 고집하는
세상 질색이야
핑크 헬로키티 그게 뭐야

멋진 파랑 입을 거야
난 파랑 원피스 파랑 가방

파랑 파랑 파랑이
제일 좋아 정말 좋아
나나의 한결같은 주장

남자가 안에 숨어 있었나
삼신할미가 잠시 실수하여
고추를 안 붙인 게지
예쁜 나나 네 살 때 이야기

네 살 나나가 갑이다

할미가 화를 내서
집에서 나가란다

친절하게 안 해주면
화장실에서 자란다
대문밖에 나가서 자란다

으이구
외손녀 키워 봐야 한다더니
설마 나는 갑을 모신
설움박이 을인가

하루에 세 가지 일

매일 학교에 가야 하는 담임교사
교실에서는 삼십여 명의 까만 눈의
아이들이 나를 기다리고

남편은 종로 서울대병원 병실에서
뇌수술을 기다리고 있다

마포 법원에서도 재판 일에 참석하란다
원고는 삼성아파트 피고는 힘 없는 서민

어디를 먼저 가야 하나
순서를 정해야 한다

시간이 정해진
마포 법원에 먼저 갔다

초등학교 교실을 거쳐
남편의 병실에도 갔다

혼자 운전하며 안내도 없이

하루에 세 군데 다 다녀왔다
벽찬 하루였다네

네 살 나나도 오늘은 참 힘들었다고 하네
어린이집, 체험학습, 소아과의원
세 군데나 갔다고 하네

순서대로 할미랑 같이 갔구먼
하루에 한 가지만 해도 힘든데
세 가지나 했구먼

장하다 그 할미에 그 손녀

꽃놀이

화투가 숨었네
머리카락 보일라
꼭꼭 숨었네
어디로 숨었나?

하비랑 할미랑
화투짝 맞추기하고 싶은데
화투놀이에 푹 빠진 나나 관심에
깊숙히 숨겨 놓았지
아주 깊숙히

하비 할미는
치매예방 꽃놀이 할 수 없다네

그네를 타자

계절의 여왕 오월에는
넝쿨장미 꽃 아래서
그네를 타자

오! 햇님
소나무 안녕
호랑나비 안녕

내 사랑 나나야
넝쿨장미 아래서
그네를 타자

흰 구름 안녕
솔방울 안녕

4부

세 살 새봄

따르릉 전화소리

새벽 6시 낮 1시 밤 9시
시도 때도 없이 전화벨이 울리네

두 살 봄이의 전화하기 놀이
전화기 속에서 나오는 소리 듣고 싶어

듣기만 하더니
이제 옹아리도 제법 하네
대답도 하고

봄이랑 전화하며 정 쌓기
할미에게 수시로 전화하는 봄이가 기쁨이네

어버이 날

하비에게 드릴
카네이션 꽃바구니
봄이 손에 들려
하비 축하해요

하비도 봄이도 함박웃음
행복이 가득 하비 얼굴에 담겨 있네

하비 아—
봄이 손으로 김밥을 넣어주니
봄이 하비 좋아라 마주보고
하 하하 호 호호
웃네

새봄이는 세 살

이게 뭐야? 키위
키위 딸기 사과

과일 이름 하나하나 들추며 맛을 보네

사과는 아빠처럼 껍질을 안 깎고
이로 베어 먹는 거야
이렇게
할미도 해봐 얼른

세상에 나온 봄 과일
여름 과일
가을 겨울에도 모두 모두 맛보고
무럭무럭 자라렴
봄아 새봄아

하비는 하루 종일 "키위 딸기 사과" 하며
얼굴엔 행복이 가득

봄나들이

새봄이가 달린다
뒤뚱뒤뚱 씽씽

새봄이가 웃는다
하하하 깔깔

새봄이가 앉는다
풀밭에도 털썩

노란 민들레가
같이 놀자 한다

5부
할미의 어린 시절
(스텔라)

금양초등학교 1학년

입학식 날
할머니는 아기를 업고
아기는 가방을 메고

맨 앞에 서 있는 키 작은 아이
얼굴엔 홍역으로 딱지가 다닥다닥

가느다란 다리와
더 가느다란 손가락으로

공부는 할 수 있으려나
친구들과 놀이는 할 수 있으려나

매일매일 할머니는 아기를 업고
아기는 가방을 메고
초등학교 일학년을 다녔지

가슴에 수건을 단 코흘리개로
한글도 모르면서

땅 따먹기

작은 돌을 손가락으로 튕겨
굴리면 다시 되돌아오고
그 선을 따라 그으면 내 땅이
넓어지는 거다

땅바닥에 엎드려 많은
땅을 따 먹으려고
뒹굴며 놀았다

흙투성이가 돼서
해가 서산에 넘어가도록

엄마가 부를 때까지

공기놀이

운동장 느티나무 시원한 그늘 밑
작은 돌 모아 공기놀이 한다
누가 많이 따 먹나

손에 흙이 묻고
옷은 흙투성이 되어도

맨땅에 털버덕이 주저앉아
해가 서산으로 넘어가는 것도 모르고
따먹기 놀이에 빠졌었지

그 많은 돌멩이는 다 어디에 두고
놀았는지?

효창 스케이트장

한겨울
스케이트장

오 남매 모두
스케이트 가지고

겨울이 오면
넓은 효창운동장
스케이트 타러 간다

운동신경 무딘 나
한 바퀴 도는 것도 어렵다

신나고 즐겁게 얼음을
타야 하는데

나는 그보다
따뜻한 어묵국물이 좋았다

고무줄놀이

세 명이 필요해
둘이 잡고
한 명은 줄 넘고

둘이도 할 수 있어
나무에 매고
한 명은 잡고
한 명은 줄 넘고

혼자서도 해
양쪽에 매고
혼자서 줄 넘고

혼자서는 심심해
노래도 불러줘야
신나는데

개구쟁이 남자애 등장
쏜살같이 나타나서
줄을 자르고

그러면 잡기놀이로 바뀌지
도망가고 잡으러 가고

카네이션 미장원

나 어릴적
오 남매 교육을 위해
엄마가 미장원을 열었다네

사랑방을 부수고
새장과 새들은 다 어디로 보냈는지

파마 접는 기술과
구리프 마는 기술이 뛰어난 엄마

컷트와 드라이는
언니 기술자가 맡았지

그리고 오 남매를 길렀다
내가 교대를 졸업할 때까지

엄마가 주인이던 사랑채
카네이션 미장원

외식

아버지 월급날

서대문 인창고등학교 근처
중국집에 온가족이 모였다

마포에서 전차 타고
서대문에서 내린다

짜장면, 군만두, 짬뽕, 탕수육
실컷 먹는 날
오 남매의 웃음소리

한 달에 한 번 외식하는 날
아버지 월급날

도화동 집 추억

초등학교 시절
사랑방에는 새장이 가득
새장 속에는 새가 가득
둥우리에는 알이 가득

십자매 알이 너무 많아
냄비에 삶아 먹기도

새장 청소하는 날
십자매 두세 마리는
새장 밖으로 날아가고

십자매
잉꼬
문조
카나리아
앵무새

아버지는 사랑으로 감싸며
물을 갈아주고

배춧잎 모이도 넣어 주고
모래 바닥을 씻어 주고

우물물

어린 시절
도화동 산동네에
공동우물이 있었지

우리 집에는 물지게
양철 물통
두레박도 있었다

어깨에 메던 지게는 양 쪽에 끈이 있고
물통을 거는 고리가 있었다

엄마는 부엌에 있는 항아리에
물이 가득 찰 때까지 길어오고

주말에는 우물가에 가서
깊은 우물 속을 들여다 보고
물을 긷다가 두레박을
빠트린 일도 있었다

돌아가신 엄마가

뒤뚱뒤뚱 물통 두 개에
고리 걸고 물을
길어오던 모습이 선하다

알록달록 양말

초저녁부터 깊은 밤까지
어머니는 반짇고리를
들고 앉으셨다

바구니에는
크기가 다른 바늘과
여러 종류의 실과
손에 끼는 골무도 있다

가족의 구멍 난 양말 모아서
둥그런 전구를 양말 속에 넣고
떨어진 부분을 헌 양말
잘라 붙여 꿰매고 계셨다

어머니의 정성으로
구멍난 양말은 알록달록
색깔 양말로 탄생했다

등굣길 예쁜 색으로
구멍 막은 양말을 신고

아침을 시작한다

어머니의 창작품
알록달록 양말을 신고

벌레생각

도화동 집 앞마당 지하실에
더듬이 긴 곤충가족 살고 있었다
수도 없이 날아다니던 귀뚜라미
"귀뚜라미가 또르르 우는 달밤에"
라는 노래 생각난다

부엌에는 쥐도 같이 살았다
말린 쑥 바구니 속에
쥐가 새끼 낳았지
찍찍찍 하얀 아기 쥐
엄마 기다리던 아기 쥐

안방 천장 속에도 쥐 살았다
쥐들이 후다닥 다니는 소리 들으며
잠을 잘 땐 자장가가 필요없었지

푸세식 화장실에도 벌레가 꿈틀꿈틀
파리 되어 날아오던 구더기, 으악

나무 쌓아둔 광에는 거미가 줄 타고

"거미가 줄을 타고 내려옵니다"
라는 노래 생각이 나네

파리와 쥐 노래는 없는 거지

소탕작전

추운 겨울 내복 속에는
하얀 이가 살고 있었다

잠자기 전에 이불 요 펴고
내복 다 벗고 이불
둘러 쓰고 앉아 있으면

할머니는 요강 당겨놓고
내복 속 기어다니는 이 잡아서
한 마리 두 마리 세며 요강에 넣었다

중학교 1학년 입학하여
검정 교복 입고
마포에서 광화문까지
전차 타고 등교했는데

할머니 손에서 벗어난
무사한 하얀 이 한 마리가
검정 교복 밖으로 나왔다

오늘 저녁 할머니의 손길에 잡혀서
요강에 빠질 운명 알고
탈출을 시도하고 있는 것인가?

검정 교복 위의 하얀 이 한 마리
어떻게 했는지 생각이 안 나네요

그 탈출 시도한 이를 마지막으로
대대적인 소탕작전을 벌였거든요

붉은 장미

중학교 2학년
집에서도
학교에서도
그것에 대해서 나만 몰랐는지
아무것도 몰랐다

저녁에 시작했는데
천 조각 한 개 챙겨
마포에서 광화문까지 전차 타고 등교했다
학교에는 보건실도 있고
도움 청하면 다 도와줬을 텐데

나는 하루 종일
중병 앓고
조퇴도 못 하고

엉거주춤 앉아 있다가
엉거주춤 집으로 왔다

속옷도 교복바지도 다

붉은 장미로
그렇게 소녀가 시작되었다

노란 꽃

검정 교복 입고 소풍 갔어요
찐 계란 넣은 가방 메고

깨지고 뭉개지고
반숙한 노란 물이
밖으로 흘러 나와
치마에 노란 꽃이 활짝

걸어가면서 노란 계란 물이 계속
꽃을 그리네

검정 교복 치마에 묻은 노란 무늬
어찌 했는지

지금도 콜레스테롤 때문에 노른자 계란
먹지 않지만……

신사임당은 치마에 묻은
얼룩에 그림을 그렸다지

손주 옷에 묻은 얼룩을 수 놓아
멋진 무늬 만들었단다, 할미가

테니스 복장 갖추고

구파발 156번 종점 근처
테니스장 생겼네

남대문시장 가서
테니스 라켓과 공, 흰 바지
티셔츠도 샀다

그리고 테니스장에 갔다

"이 큰 라켓에
작은 공을
왜 그리 못 맞추나요?"

그 말만 생각나네

기타도 배웠네요

여고 졸업하고
예비고사 무사히 마치고

바이올린하는 여고동창 친구와
종로 YMCA 기타반에 등록했어요

기타가 한 개씩 주어지고
오른손 왼손 자리 찾느라

진땀나게 연주해요

'이 몸이 새라면
이 몸이 새라면'

노래도 하며 기타 줄을 열심히 튕기는데
강사가 지나가며 이야기하네요

"가야금 줄을 뜯나요?"
그거 하나 달랑 생각나요

홍차와 커피

여중 1학년 가사 실습시간
홍차와 컵과 받침

선생님 설명 끝나기도 전에
홍차 티백 종이를 찢었다
내가……

그냥 물에 넣고 우려 마시는 것인데
우리 조는 그날 선생님의 눈총에
조원들의 눈총까지

군대 간 남동생이 시집간 누나 집에 온대서
컵과 받침을 그때 샀네

사십 년 된 컵과 받침 몇 개 남아 있어
혼자서 꺼내 홍차 향기 느껴 본다
티백 속의 빠알간 홍차 물을 바라보며

귀여리 시인에게 가면
루왁 인도네시안 만델란 커피가

아주 예쁜 잔에 나오네

볼리비아 이디오피아 네팔 코스타리카 바나나
멋지고 앙증 맞은 잔에 계속 나온다

루왁 커피가 뭔지
한 잔 가격이 얼마인지
귀여리 시인에게 가서야 알았다네

볼링을 하다

볼링화도 샀다
공은 무거워서 못 사고

한 달 동안 배운 폼만 좋다
공은 핀을 한두 개 눕히고
옆으로 슬그머니 빠진다

폼만 좋다
신장 안에서 잠자는 볼링화

나의 기도

고 1 때 학급회의 시간
자신 의견 표현하는 친구가 부러웠다

선생님이 되어서도
연수시간에 발표할 차례에
보건실에서 울렁증 꾀병 앓았다

대학원 시절
백여 명 앞에서 연구 발표할 때
청중 얼굴이 하얗게 보였고

나는 기도했다 용기와 힘 주십시오
기도는 기적이 일어났나

입학식 졸업식 퇴임식 애국조회 반성조회
교무부장의 멋진 진행해냈지

손주들은 박수를 쳤다
할미 만세 두 팔을 번쩍 쳐들었다
나는
행복합니다

출근하는 엄마에게 인사를 해요!

6부

박사 공부하는 딸

(세실리아)

응답하라
1977

응답하라 1977

13시간 난산으로 1977년 3월 5일 3.5kg
눈이 큰 여자 아기 탄생했네
서울특별시 불광동 채유병 산부인과

40여 년 초등학교 울타리 벗어나지 못한 엄마 덕분
외할머니집에서 사랑 독차지하며 살았지

용인 명문사립 경남유치원 졸업
용인 서룡초 입학식 빨강 원피스 구두 신고
졸업식 반포 잠원초 아빠 손잡고 했지

세화여중 서문여고 8학군에서 멋지게 마무리짓고
경원대 시각디자인 경희대 산업디자인 대학원 마치고
임헌혁 교수님 만나 박사 되겠다고 휘청이고 있다네

서룡초 전교생 앞 과학 독후감 교육청 최우수 작품 낭독하고
세화여중 가정 숙제 바느질하는 딸 안쓰러워 안절부절
수학 영어 공부해야 하는디……
서문여고 목련장학금 받아 보람 속 울고 웃으며
미래를 향하여 붓 들고 살았지

가까스로 미대에 합격하고

10년 근속 디자이너 꿈 엮어내었네
붓질하던 가는 손가락
컴퓨터와 씨름도 해야지
삼성화재 유능한 디자이너로 우뚝 서 있네

하늘거리는 허리 아름다운 몸매
두 딸 엄마 되니 성숙한 여인이여

스키보드 타며 멋지게 눈길 내려오고
자연 속 하이얀 텐트치며
예쁜 두 딸과 건강 찾는다네

용인 수지 풍덕천 죽전에서
새벽 6시 통근 버스 단골 손님
버스 안 단잠에 시름 날리고

10살 넘은 충견 레티샤 눈빛 애처로이 바라보며
커가는 두 딸 엄마로 의연히 살고 있음이여

개인전 작품 두 딸 단아와 나나를 치세우고
꼬부랑 할미 하비 힘드셔도 옆에 있어 든든하네

손주 아님 학교 얘기만 자랑하는 시인 표석화 엄마

표석화 시집
손녀 이야기
•
지은이 / 표석화
발행인 / 김재엽
발행처 / 한누리미디어
디자인 / 지선숙
•
121-840, 서울시 마포구 잔다리로 35(서교동) 서운빌딩 2층
전화 / (02)379-4514, 379-4519
Fax / (02)379-4516
E-mail/hannury2003@hanmail.net
•
신고번호 / 제300-2006-61호
등록일 / 1993. 11. 4
•
초판발행일 / 2014년 10월 3일
•

•
값 6,000원
•
※잘못된 책은 바꿔드립니다.
•
ISBN 978-89-7969-487-1 03810